壮族作家作品系列

一个饺子的距离

梁洪·诗集

Yige Jiaozi De Juli

广西民族出版社
Guangxi Minzu Cubanjye

图书在版编目（CIP）数据

一个饺子的距离／梁洪著. —南宁：广西民族出版社，2019.10（2023.5重印）

（我们丛书. 壮族作家作品系列）

ISBN 978-7-5363-7304-4

Ⅰ.①一… Ⅱ.①梁… Ⅲ.①诗集–中国–当代 Ⅳ.①I227

中国版本图书馆CIP数据核字（2019）第218687号

我们丛书·壮族作家作品系列

一个饺子的距离

著　　者：梁　洪
出版策划：石朝雄
责任编辑：卢悦宁
装帧设计：张文昕
责任校对：吴　艳　黄雪梦
责任印制：梁海彪　张东杰
出版发行：广西民族出版社

　　　　　地　址：广西南宁市青秀区桂春路3号　　邮编：530028
　　　　　电　话：0771-5523216　　　　　　　　传真：0771-5523225
　　　　　电子邮箱：bws@gxmzbook.com

印　　刷：三河市嵩川印刷有限公司
规　　格：787毫米×1092毫米　1/32
印　　张：4.75
字　　数：60千字
版　　次：2019年10月第1版
印　　次：2023年5月第2次印刷
书　　号：ISBN 978-7-5363-7304-4
定　　价：49.00元

※　版权所有·侵权必究　※

总　序

黄凤显

壮族是世居珠江流域的少数民族，现今人口1700多万，是我国人口最多的少数民族。壮族历史悠久，曾经创造了灿烂的文化，是中华民族文明的重要组成部分。这个在祖国南方世代生息繁衍的民族，与中华民族的其他成员一样，在千百年的历史进程中，创作了大量内容丰富、形式多样、特色鲜明的文学佳作。

提到壮族文学，首先让人想到的是其民间文学。壮族的神话传说、民间故事、山歌、壮剧、师公戏等，皆广为人知。

而壮族山歌尤为著名,三月三歌节、壮乡歌圩被誉为壮族山歌的荟萃和渊薮。不过,相对于民间文学,壮族的作家文学,人们对它的了解和关注还很不够。

作家文学的产生是与文字的产生联系在一起的。壮族在先秦时就已经有自己的文字。2006年前后,在广西平果县发现的感桑石刻文,以及在壮族地区先后出土的石器、陶器、青铜器上的刻文、铭文等,就是壮族的早期文字。这些产生于先秦时期的壮族古文字,经秦王朝统一文字或秦火之后,汉代以降已再难延续。现今发现的感桑石刻文等,由于缺乏文献佐证,已较难破译。但是,感桑石刻文中有不少片段在100字左右,已比我们常见的甲骨卜辞字数多,其较大的石片刻有200多个字符,据称还有一片达到2200字,这都赶上甚至超过了西周青铜器铭文的字数(西周青铜器铭文中最长的一篇《毛公鼎铭文》近500字)。这么多的字数和这样的篇幅,无疑已是篇章成文。尽管它尚未被破译,且可能是用于祭祀或属于实用文书,但其连缀成篇,中无间断,亦不难想见其架构气魄和辞章文采。所以,感桑石刻这些作者和内容待考的文字,堪称现今发现的最早的壮族文人作品。

壮族创造的第二种文字是方块壮字,亦称古壮字,也叫土俗字,萌芽于汉代,产生于唐代,是由壮族一些受汉文化教育的文人(也包括巫师)借助汉字或汉字的偏旁部首创造的。古壮字直到现在仍在壮族民间使用。1989年出版的《古壮字字典》收录了大约4900个字和大约1万个异体字。使用古壮字进行创作,滥觞于唐代俚僚人酋长、澄州(今广西上林县)大首领、廖州刺史韦敬办。由他撰写碑文的《六合坚固大宅颂》碑和《智城碑》，是岭南地区最早的唐碑，其骈赋体碑文富于文学色彩，其中《六合坚固大宅颂》则使用了古壮字创作。自唐代以后，古壮字多为民间麽公、民间戏人和山歌歌师所用，他们用古壮字书写的原始宗教经文、壮剧剧本和山歌唱本既有对口头传唱作品的记录，也有自己的书面创作。

在20世纪50年代拼音壮文出现以前，壮族作家、诗人主要是学习和使用汉文进行创作。目前，存世的这类壮族文人作品多为清代时所作，作者大多是中举、中进士者，其汉文水平足可与汉族文人比肩。这些文人在世时基本上都编有文集或诗稿，20世纪90年代以来，经广西少数民族古籍工作办公室组织力量进行整理，广西人民出版社、广西民族出版社、广西教育出版社等先后出版了多位作家的诗文集，如黎申产《菜根草堂吟稿》、蒙泉镜《亦器轩诗稿》、韦绣孟《茹芝山房吟草》、崔毓荃《薰生诗草》、郑献甫《郑献甫文集》、韦丰华《韦丰华集》、曾鸿燊《瓶山诗集》等，而其他壮族著名文人的集子，如张鹏展、冯敏昌、刘定逌等还有待于整理出版。这批诗文集可以说是第一批整理出版的古代壮族作家作品集。

近现代以来，运用汉文创作的壮族作家队伍越来越壮大，其题材内容越来越丰富，创作的体裁也越来越多样，涉及了众多的文学样式。新中国成立前，以曾平澜、陆地、华山等为代表的壮族作家就已蜚声文坛。新中国成立后，壮族作家更是群星璀璨。韦其麟、周民震、黄勇刹、蓝鸿恩、莎红、黄青、王云高、苏方学、韦一凡、凌渡、黄钲、潘荣才、孙步康、农冠品、苏长仙、陈雨帆、农耘等,都是人们所熟知的壮族作家。这些作家的作品都曾先后以单部作品或结集的形式出版,在海内外产生了重要的影响。

2013年,在中国作家协会的精心策划、组织下,55卷60册的《新时期中国少数民族文学作品选集》由作家出版社出版。这部卷帙浩繁的选集收有冯艺主编的《壮族卷》上、下册,收录了数十位壮族作家的作品,上册为中短篇小说集,下册为诗歌、散文集。上册文末附录长篇小说存目,下册卷后附录长诗、长篇报告文学存目。这是迄今为止编辑出版的唯一的多位作家、多种文体荟萃的壮族作家作品选集。

2018年是改革开放40周年,恰逢广西壮族自治区成立60周年,今年又正值新中国成立70周年大庆,这是展示、回顾、总结和检阅壮族作家创作,尤其是新时期以来壮族文学成就的良好契机。广西民族出版社出于自身的出版定位和社会责任,组织力量、自主投入,编辑出版这套"我们丛书·壮族作家作品系列"。

这套丛书共11册,收录了11位壮族作家的小说、散文和诗歌作品。入选的这11位中青年作家,都是新时期在文坛上活跃的壮族文学创作翘楚。丛书为每位作家单独编辑了作品选集,小说类有凡一平《合唱团》、李约热《一团金子》、陶丽群《被热情毁掉的人》,散文类有冯艺《除了山水 还有什么》、牙韩彰《屈指家山》、石一宁《履痕心绪》、黄佩华《生在平用》、黄鹏《家园气象》,诗歌类有荣斌《尘土之河》、梁洪《一个饺子的距离》、三个A《魔术师》。看这份名单和书单,不难发现两个特点:一是作家的选集属于"本色行当",如以创作小说、散文、诗歌著称的作家仍选其小说、散文、诗歌作品,像小说作家凡一平、李约热、陶丽群选的是小说,散文作家冯艺、牙韩彰选的是散文,诗人荣斌、梁洪选的是诗歌。二是作家的选集似乎有所"跨界",如在小说创作上实力雄厚的黄佩华,选的却是散文,著名文学评论家石一宁和诗人黄鹏,选的也是散文。这种看似"跨界"的努力,实则是跨越,代表了他们在文学创作领域的新开拓。如黄佩华,近年在潜心于小说写作、不断推出新作之余,陆续发表了一系列抒写壮族和壮乡的散文佳作,颇受读者喜爱;石一宁在对当代创作进行较全面系统的点评的同时,用散文笔调记下自己的履痕心绪和寄情哲思;平素写诗的黄鹏,其散文作品则灌注了浓郁的诗情画意。

丛书作品的选取,既考虑到作家的代表作,也充分考虑到作家的成长历程,让读者从中了解到作家创作渐入佳境及其风格形成的经过,尤其是认识和理解一个壮族作家是如何扎根于壮族文化沃土,参照壮语(母语)的表达方式,运用汉语进行文学创作的艰辛探索之路。因此,阅读这些作品,我们可以看出:凡一平小说那壮族式的机智、幽默及其传奇性是如何形成的,冯艺散文那种文化底蕴和人文关怀是如何集聚的,李约热小说的那种怪诞和黑色幽默是怎么炼成的,陶丽群是什么时候开始关注边陲小镇的小人物及其人性的扭曲与张扬的,荣斌的诗歌是如何贴近时代语境、抒写当代人真实灵魂的,牙韩彰是如何从惯常的写实手法转换为一种游刃有余的抒情的,三个A是怎么从一个年轻的壮族小伙子成为诗坛新锐的,等等,不一而足。还是回到编辑这套丛书的初衷，那就是对当下壮族文学创作和壮族作家的成长进行展示、回顾和检阅。

既如此，丛书所选的作品就并非全是作家们的新作、近作。有些作品需要置于其创作和发表时的时代语境下解读。正如凡一平在《合唱团》后记中说的："这部集子其实是那个年代青年彷徨、思索和奋斗的记录。这些作品所体现的对社会的认识、对生活的体悟、对人生的思考，甚至文本和话语等，自然就带上了那个年代的印记。"这应该作为阅读这套丛书作品的一个基本思路在选编这套丛书的过程中，出版社编辑和作者进行了多方沟通和协商。对于入选作品，编辑只对明显的舛误订正，原则上不做另外的加工修改，以尽可能保留作品的原貌。不过，编辑壮族作家作品系列丛书，对广西民族出版社来说是一个新的尝试，疏漏或缺点在所难免。我们在衷心祝愿壮族作家不断取得更加丰硕的创作成果的同时，也诚恳希望作家和读者给我们多提出宝贵的意见，使我们的编辑出版工作得到改进和提高。

2019 年 10 月

梁洪·诗集

目 录

今晚的月亮看得见每一个人……………………………1
搭乘第一代班车司机儿子的车回西林是一种荣耀………3
回西林听到几个前辈的故事………………………………5
我看见时间下滑的速度越来越快…………………………7
用四十二年怀念一个人……………………………………10
有一种味道，住在我味蕾最深的地方……………………12
走进或走过菜市场…………………………………………14
总有一种方式可以消遣不悦………………………………16
如果他想要遇到的一万个人都像你一样呢………………18
过年时总有做个小火盆的愿望……………………………20
白的粽，黑的粽……………………………………………24
回家过年，一路阳光………………………………………26
大年初一，阳光之下我们看见……………………………28
大年初三，我看见了两代人………………………………30
小覃是看着我女儿长大的那个人…………………………32
总有些事让我想回桂西之西………………………………35
惊蛰，万物甦………………………………………………37

站在春天的中间望春风…………………………………… 39
三月三还没到,就已经是糯糯的了…………………… 41
同学里当护士的那么多呀!…………………………… 43
与父亲相关的一些事儿(组诗)……………………… 46
你赶考路上的泥泞让我想起了以往的艰辛…………… 50
我的日子和凤翔路一样长……………………………… 53
我和凤落脚的这个城有些缘分………………………… 55
白云和灰云各占半边天………………………………… 57
总有些事与你息息相关………………………………… 58
回家的路那么远那么难行……………………………… 60
雷声滚滚却没有灌入我的耳朵………………………… 62
与平用屯有关的一些事儿……………………………… 64
过来帮我抓下猪脚啰嘛………………………………… 67
向一头我不认识的猪致敬……………………………… 69
想去羊角老寨的念头如秋水一样清亮………………… 71
我初一同桌杨文荣同学的三句话……………………… 73

你能平安到达是因为有人为你把稳方向…………75
九月九日忆湖南韶山冲毛公…………78
三十一年前他们走上讲台就从未离开过…………80
有的地方你从没去过却又很熟悉…………84
穿过缤纷的历史我来到了红旗渠…………85
山竹不仅仅是一个台风…………87
哪有什么岁月静好啊…………89
山竹是一种水果或一个台风…………90
这座南方之城没有饥饿感…………92
今天我只看见一个农民…………93
在百色城东汽车站候车想起一些事儿…………95
你如此悠闲那是因为有人为你忙碌…………97
今天我在孟沙屯吃到了老腊肉…………100
而这样的景象是我乐意看到的…………102
天这么早早地就黑下来了…………104
这个灰蒙蒙的秋飘满历史感…………105

霜降节来望霜降，伶仃洋里无伶仃……………107
今夜在干爽的风里爽爽的………………………109
五千里的遥远只是一个饺子的距离……………110
今天只是平凡的一天而已………………………112
六点钟的凤翔路气温十一摄氏度………………113
这是入冬后更冷的一天…………………………115
今天，我在温馨的屋里安逸地吃着饺子………116
穿过2019年第一天我用了十三个小时 ………117
时至今日，太阳还没走到2019年 ……………119
一碗腊八粥开启了年味…………………………121
佩奇那玩意不就是咱们中国的配齐吗…………123
有人惦记着你的惦记那是多么美好的一件事…125
这个大寒貌似春天………………………………127
我就像那个提着三斤猪肉回家的侗家孩子……129
一千里的回家路犹如一次点击那么长…………131
中午，初一的阳光照亮每一张祈盼的脸………133

今晚的月亮看得见每一个人

云团很厚
但月亮穿过云的缝隙
照亮凤翔路的夜空

广州朋友发来的图
和凤翔路的天象一样

而早些时候
多年不见的几个大学同学
在武鸣灵水旁的壮文学校相会相悦
此时的壮族同学赵一高
正在天等县小山乡的老家
烤着火，抽着烟，喝着茶，享受寂寞
在更早些时候
分散在八桂大地的瑶族同学
共庆盘王节
而侗族同学在侗乡三江

欢度六十五周年县庆
西林县的几个初中同学
爬上八达镇坡皿村豆腐屯苗寨
在苗族同学马文忠家里畅饮

而远在北京的朋友安妮
单曲循环了十几遍《寻梦环游记》主题曲
"你住在我心底,在每个分离的夜里,为你唱一首歌"
听得她
眼泪随夕阳落下
梦想与月亮升起

今晚的月亮很大
它住在很远的地方
但它看得见我们每一个人

——2017年12月3日纪事·农历十月十六

搭乘第一代班车司机儿子的车回西林是一种荣耀

今天是个好日子
砂糖橘的金黄　是它最美的底色

初中二年级离开八达镇的黄成同学　回平果读书去了
后来在平果汽车站工作至今
这是一种因缘吧　他爸也是班车司机
五十年前　西林第一代班车司机
老老少少都叫他"大黄司机"
橘子黄了　黄成想回西林了
他邀我到平果　搭他的车回去
搭乘第一代班车司机儿子的车回西林　那是一种荣耀

我妈跟我说过　好多好多年前
大黄司机来我家做客
我妈做了腊肉炒黄豆　大黄司机边吃边说　很香很爽
我们都懂得　黄豆的黄　是那个年代的温暖底色

我在路上跟黄成说　到了西林
先去看我妈　再去和同学聚
我妈现在老得做不了菜了　要不我会让
大黄司机的儿子在家里　也尝尝腊肉炒黄豆
我妈姓黄　黄成同学应该叫她姑妈
西林姓黄的很多　像砂糖橘那么多
西林的底色　是金黄的
以前是黄豆黄　现在是橘子黄
那也是两代人共有的底色

车过百色时　黄成要去接一个姓黄的同学
她叫黄惠萍　我们是东门街的亲戚
扶贫工作忙得不可开交　原先要回西林的她又回不了
我们接到一个不姓黄的女同学
她叫赵丽娟　但她妈妈也姓黄
现在已是外婆的她的舞姿　天天被夕阳染得金黄

赵丽娟同学耐心等着黄成同学　她也知道吧
搭乘第一代班车司机儿子的车回西林　那是一种荣耀
在路上　已先行到西林的两个女同学
一个叫黄霖珍　一个叫黄彩丽
她们电告黄成同学　星期天回百色时　要搭他的车
这就是说　她们也懂得
搭乘第一代班车司机儿子的车往返西林　那是一种荣耀

——2017年12月8日纪事·西林砂糖橘节

回西林听到几个前辈的故事

赵丽娟同学的父亲　赵贵
一个参加过解放战争的东北人　四野战士
南下支边　到广西　到西林县　到八达镇　到旺子村
1981年夏天　一家子才调回百色安居
他七十多岁时得了胃癌　剧痛折磨着这个共和国老兵
离休干部治病享受国家政策优待
但生命垂危之时　他拒绝打止痛针
他对家人说　不要浪费国家的钱了

黄成同学的父亲　是大名鼎鼎的大黄司机
西林第一代班车司机　西林老少无人不知
开了一辈子汽车的他
从鸭绿江畔开到了驮娘江畔　耗尽了身体的最后一滴油
在临终之前　他念念不忘叮嘱黄成
阿成啊　记得帮我交这个月的党费

韦业宇同学小我们两届

他的父亲是人民教师
在西林教书育人　桃李满天下　处处得人夸
退休了才回那劳老家
今年砂糖橘节正好是周末
在南宁的韦业宇同学也想回一趟家
电话那头他父亲说
工作那么多　路又那么远　你回来做什么

这就是我们的革命前辈啊
他们就是西林的父亲
我用文字把他们的故事串成一束花
让它温暖桂西之西的这个冬季

——2017年12月10日纪事

我看见时间下滑的速度越来越快

16点46分
从百色上车返邕
天晴
日亮
冬暖
温度24摄氏度

一会儿
到田阳
23摄氏度

一会儿
到田东
21摄氏度

一会儿
到平果

20 摄氏度

一会儿
到隆安
19 摄氏度

一会儿
到南宁西
18 摄氏度

18 点 43 分
车到南宁东
17 摄氏度

117 分钟
在车厢
恒温
一如我生命的长河里
一动不动的　117 分钟
我感受不到
生命
体温
精力
在下滑

我的80岁的叔叔生病了
在百色住院　我从南宁回去看他
前年三月三上山祭祖　我还爬不过他
一年前　他的哥哥　我的父亲不在了
他就慢慢垮下了　慢慢走不动了
我看到了
生命下滑的速度

南宁明日天气预报
最高16摄氏度　最低6摄氏度
昼夜温差大　请注意保暖

——2017年12月17日纪事

用四十二年怀念一个人

四十二年前的今天
桂西之西八达小镇的天空
和四十二年后的今天的凤翔路的天空一样
阴云密布　冷雨霏霏

天空很低　一个十二岁的山城少年
被压得喘不过气
一遍一遍的哀乐　响乱了他的心
从慌乱中他才感受到
何为国殇
何为山河哀恸
何为八亿民众同哭一个人
他才开始知道
左臂上的黑纱
左胸上的白花
颜色的意义

也是从那时起
一个人的音容　长久地跃动在少年的守望中
中央新闻纪录电影制片厂的新闻纪录片
陕北民歌《绣金匾》
柯岩长歌当哭的《周总理，你在哪里？》
三宝作曲刘欢演唱的《你是这样的人》
王铁成的经典之作《周恩来》
刘劲的系列电视剧《长征》《日出东方》《解放》
中影集团的《建党伟业》《建军大业》《建国大业》
还有那部叫作《我们的法兰西岁月》的电视剧

那个十二岁少年　已变了模样
而那个人的音容　四十二年来　从未改变

——2018 年 1 月 8 日纪事

有一种味道,住在我味蕾最深的地方

2015年年底
我在乐业县刷把村瑶山屯扶贫
这里仅有七户人家
一个张姓村民从他的火塘上面
为我割下当年最后一块腊肉
那是烟熏了一年的老腊肉啊
那是他家藏里最珍贵的食物
我的味觉和我的荣幸
随着炊烟　一同升起

那是我熟悉的味道啊
它住在我味蕾最深的地方
每到这个时节　我们桂西之西的八达小镇
每家每户的前庭后院　都有一个挂满肉块的大铁桶
火盆里是松木、柳木、甘蔗渣、陈皮
各家有各家的味道
二十四小时不间断地熏
熏干了鲜肉　熏香了我的味蕾

而乡下的人家和我外公家一样
一头年猪只留下吃几天的鲜料
余下的大多是被切成一大条一大块　挂在火塘上熏
那是永不熄灭的火塘
它把日子熏得实实在在
它把肉香延续到农历七月十四
而高寒山区的人家
可以把余香留到第二年杀猪的年关

那是那个时代的珍品呀
一片腊肉一碗饭
因为有腊肉的诱惑　我很小的时候就学会了煮饭蒸肉
爸爸妈妈和外公在我的味蕾最深处
种下了根深蒂固的味道
半个世纪里它忽隐忽现

总是在某个机缘某个时节
它就会一览无余显现出来
比如我走进瑶山屯张姓人家
比如今天三江丹洲晒腊肉的日子

有一种味道　住在我味蕾最深的地方
年关将至　清冷的北风一吹
味蕾之门就被轻而易举地打开了

——2018年1月12日纪事

走进或走过菜市场

走进菜市场　那是日常生活的必修课
一日三餐　物从此来
这样的景况　只是一种习惯
而另外一种情形是走过市场
那是一种爱好　走走　看看
没有固定目标　仅此而已

比如今天下午　百色何老弟唤去吃饭
出门前微信上看到　融安红斌晒的美图
她学做螺蛳鸭脚煲
几张薄荷叶绿馋了我
这让我路过菜市场时　忍不住拐了进去
看看有没有少见的薄荷菜

这种配料　小时候我家的后园就种有
随手可摘随时可尝
但今天菜市场里　寻不着它

我只是走过菜市场　仅此而已

但我知道　融安的螺蛳鸭脚煲
肯定比我要去的饭局　更有味道
因为它有薄荷香
一种让日常生活
变得有滋有味的迷魂香

　　　　　　　　——2018年1月14日纪事

总有一种方式可以消遣不悦

凤翔路的中午　懒洋洋的
几辆车在停车位上打瞌睡
路上零零星星的车辆　懒洋洋的
上空的太阳半阴半阳　懒洋洋的
一朵路边的月季花　懒洋洋的
我　轻度感冒　懒洋洋的

坏消息带着鼻音
从医院跑了出来　传遍这个冬季的大街小巷
今日气温　越过22摄氏度的暖线
人们却不敢脱下毛衣
忽隐忽现的阳光　掩不住室内的冷意
更坏的消息是　天气预报说　回南天要来了

有些事情你无法拒绝　甚至无法抵挡
比如说　流感
比如说　回南天

比如说　无法预见的人生
这也没什么吧
总有一些消遣会消遣不悦
比如说　去看一场《无问西东》
比如说　去找一人聊天饮酒

今天我选择的是
下班之后去赴一场开业庆典
发小阿英的酒楼
今日在昆仑大道上开业
她选择这样的方式
抗拒这个患了病的季节

　　　　　　　——2018年1月17日纪事

如果他想要遇到的一万个人
都像你一样呢

窗帘一会儿飘向南一会儿摇向北
在凤翔路上　在北回归线上　冷暖锋相互搏击
风很大　我旋在中央　纵然知道北风今夜将冲越
　北回归线　我还是感到自然界的深不可测

万物之间总是有一种神秘的关联
今天的天象异常　我觉得与昨夜的事情相连
在西林县人大工作的同学美顶为一个人大代表转发
　了众筹
这个人大代表正躺在医院重症病房
知名作家凡一平和覃瑞强为一个诗人转发了众筹
诗人乡下的父亲正躺在医院重症病房
而在早些时候
在西林县公安局的师妹为她的战友转发了众筹
她的战友正躺在医院重症病房

在更早些时候　西林同学美秀为她的亲戚转发了众筹
她的亲戚正躺在医院重症病房
我的朋友圈很小　我大多时候也只关注朋友圈
世上需要帮助的人肯定很多
我遇上的也就那么几个
"略表心意"是我给朋友的回复
遇上了就不要避而不见　我跟自己那么说

我们总是在说只怕万一
一万个灾难降临　可能都与你擦肩而过
可它会落在你朋友身上
会落在你朋友的朋友身上
会落在你朋友的朋友的朋友的身上
灾难让他们无能为力　众筹也是不得已而为之
这样的窘境　或许有一天你也会陷落
一万个灾难　或许要你承受万分之一

能帮就帮吧　谁没有个难处呢
如果他想要遇到一万个人
而那一万个人都像你一样呢
举手之劳　略表心意　我在自己的时空里转发善良
我不需要对方知道我是谁
我只是做了一个　他看不见的　却又真实存在的人

　　　　　　　　　　　　——2018年1月25日纪事

过年时总有做个小火盆的愿望

今日小年　我在凤翔路上回望从前的小年
那时的小年　是被一声声猪的号叫　叫醒的
腊月二十三　上天护佑民生　今可大开杀戒
杀年猪　年就来了

我小时候的小年　是这个样子的
外公家东门街的村口　有一蔸大榕树和一条小溪沟
树下沟边架起一座大灶一口大锅
那就是腊月二十三的杀猪场
从清晨到午后　火不停，水在滚，猪在嗷嗷大叫
一家接一家一头接一头　人声鼎沸，血色满天
这是一年最热闹最馋人的日子
孩子们被猪叫声闹得心花怒放

褪尽毛的大白猪被拖回屋堂
开膛破肚分门别类
上好的猪肝和隔山肉　是奖给帮手的乡亲们的

火塘的旺火早已呼呼作响　　铁锅上的水正好到了沸点
快手切上猪肝、隔山肉再加几片五花肉
开年第一锅美味香飘满堂
也就从此而顺下　火塘不灭锅头不撤
任何人皆可随到随吃

接下来最忙的就是舅爷了
首先是灌红肠
把泡好的糯米与猪血合拌　用一铁制漏壶灌入小肠中
小火慢煮　过年的第一味小吃就制成了
接着又剁肉配好各味香料
一点一点地灌入风肠里　这就是百吃不厌的腊肠
因配料中加放了花椒　东门街的腊肠香满三街两屯
再接下来的是腌制腊肉
顺着排骨把猪肉大块大块切成条
然后在一个大铁锅里　一遍遍抹上盐，一遍遍地揉搓
直至肉盐合一　再挂到火塘之上
让火烟不停地熏　烟熏腊肉由此而成
与此同时　将五花肉切成小条状五味腌制
那是粽子必备的核心
最后　将余下的杂肉和骨头
舂溶捣碎再拌上浓厚辛辣的辣椒粉
存入瓷罐密封数月之后
桂西美食辣椒骨便可用来招待贵客了

接下来忙碌的是我的舅娘和表姐们
包粽子大多是女性的活计
粽子叶和稻草绳早已洗净晾干
糯米前夜已经泡好　绿豆也泡开剥去了皮
五味腌制的五花肉也散出了浓香味
肉粽　一年一次的圣品
在舅娘和表姐的手中美丽成形
下锅熬煮的事则全由我外公担当
他会在深更半夜里起来几回
直到火苗点亮东边的晨光
第二天早上的第一锅热粽
是天下最美的味道之一
粽叶的清香，糯米的软糯，绿豆的绵香
五花肉的醇厚，还有那浓浓的草果香
那是八达街与众不同的味道
吃上一口　心满意足
年就香喷喷地来了

今天的凤翔路　暖到了17摄氏度
天气预报显示温度还要上升
这样的景况　希望它来又希望它快点走
倘若七天之后
气温回升到20摄氏度之上　怎么办呢

年　终归是要来的

只希望　年来的时候
带点冷风再带点寒雨
让我有做个小火盆的愿望
像以前小时候那样

——2018年2月8日纪事·小年

白的粽，黑的粽

在桂西之西　过年的时候
和南方各地一样　都要包粽子
不同的是　我们包白粽　也要包黑粽
白粽大家见多了　黑粽吃的就很少
熟悉黑粽的人见到黑粽
就会说　是西林隆林的粽吧
这个地理标志　我引以为豪
我爸是隆林的　我妈是西林的
我是吃黑粽长大的

包黑粽的糯米不是黑米
它是籼稻草或糯稻草烧成灰　泡成的水浸黑的白糯米
青青的粽叶，五味腌制的肥猪肉
脱了皮的绿豆，秋藏的板栗
再加上稻草灰水浸黑的糯米　这就是桂西黑粽
千年不变又一眼可识别的是
扎粽子的绳必是水浸软了的稻草绳或龙须草

我的外公告诉我　糯米染黑的粽更香　而且留得更久
后来我吃到作家凡一平的粽子
才知道他的老家都安也有黑粽
吃到恒扬同学的粽子
才知道德保也有黑粽
除此以外　我再也见不到别的地方有黑粽

今天我的发小美顶同学在平果县城婆家包黑粽
平果一直都不包黑粽的
今天县城里的某一户人家却香起了黑粽
今天这里有个故事平常又令人惊叹
一个已当上外婆的人在传授一种味道
她的祖籍是田东　生长至今在西林　嫁了一个平果人
她用她特殊的经历　以及精巧的技艺
讲述了一个百色春节故事

——2018年2月12日纪事

回家过年,一路阳光

今天中午我走上凤翔路回家过年
一出门就与阳光撞了个满怀

地铁会展中心站 A 进出口阳光一片
大学路上西乡塘汽车站阳光一片
隆安、平果、田东、田阳阳光一片
百色永乐服务区旁的澄碧湖畔阳光一片

朋友许哥开着车在北京的某条大街上
晒出阳光下的一路芬芳
杨支书在乐业刷把村天坑边上
晒出了阳光下的一片蓝
罗俊老弟在凌云泗城的泗水河边
晒出了阳光下的一片花
女儿良子在西林县府大院自家天台上
晒出了阳光下的一片绿
同学曾霞在防城港大姑家的小房间里

晒出了大姑九十八岁秋阳一样的容颜

现在大巴已下田林潞城高速收费站
然后经过隆林西林的分岔路口
渐渐偏西的十七点的阳光
继续引我走上一百五十公里的二级路
我回到桂西之西的父母家的院落
阳光已消散在云贵高原东端群山那边
但我会嗅着它的芬芳
找到自家的门

　　　　——2018年2月14日纪事·农历腊月二十九

大年初一,阳光之下我们看见……

大年初一　阳光明媚
它在我的头上四处漫开

阳光之下　桂红师妹在西林县八达街上
看见了她五十年前的出生地
阳光之下　壮家陆小妹在西林那佐乡弄汪村口
看见了和她一样美丽的油菜花
阳光之下　发小艳娇在百色解放街粤东会馆前
看见了从东面吹来的一股暖风
阳光之下　毛南族师妹晓纯一家在马鞍山之顶
看见了一座叫龙的城
阳光之下　幼儿时代的同学何老二和他儿子
在南宁竹排冲边看见了奶奶的笑
阳光之下　侗家吴妹和她的儿子在龙胜泗水黄坪家门口
看见了一棵摇钱树
阳光之下　瑶族同学俞文在富川石家乡龙湾村后山
看见了蓝天下满山遍野的梨花白

阳光之下　高中同学马小妹在广州回南宁的路上
看见了她的孙女正在对着她仰起笑脸
阳光之下　初中同学阿玲在太平山上
看见了维多利亚港自由行驶的船

阳光之下　我的老妈在西林县府大院的家门前
看见了她的儿子儿媳和孙女的合家欢

——2018年2月16日纪事·大年初一

大年初三,我看见了两代人

大年初三　阳光灿烂
我看见了坡皿村峻美的高山
我看见了花贡村奇美的天空
我看见了龙英河与花贡河的汇合口
我看见了汇合口上的一片油菜花

坡皿村的马文忠同学是个苗族后生
初二还没读完就跑回家结婚生子了
他也是个具有领导气质的男人
在坡皿村当了几十年的村支书
苗族汉子的大方热情和好客
让他的家成为同学们的乐园

花贡村的黄美兰同学是个壮族大姐
她领头雁的气度和威望与生俱来
学业不算好却被老师指定为班干部
可惜她家境贫寒又是家里的大女儿

初中没毕业便早早回家当了顶梁柱
她顶起了家也顶起了花贡村半边天
在村支书的岗位上一干就是几十年

我的初一同桌廖武敏的妈妈杨昌生
更是一个名扬桂西之西的女强人
二十世纪六十年代她便是坡皿、花贡两村
无可替代又被寄予重望的党支部书记
她上北京见到毛主席时廖武敏还未出生
参加西林县首届党代会时廖武敏尚在襁褓中
这是这位苗族女村干一生最荣耀的时刻
更让她的后辈们引以为豪

历史的天空风云变幻
今年大年初三却阳光灿烂
它有意让我有幸看到两代英雄
它有意让两代人的故事今日重演

大年初三　阳光灿烂
我看见了花贡河　我看见了坡皿山
我看见了油菜花　我看见了两代人

——2018年2月18日纪事·大年初三

小覃是看着我女儿长大的那个人

小覃家在环江洛阳镇妙石村塘化屯
1992年秋天　不到20岁的她来到了南宁
而夏天的时候我来到她的村子搞社教
那时我的女儿刚满周岁，还不会走路

那时在妙石村的日子很清苦
一个星期尝不到一口肉很正常
想要到洛阳镇街头吃一碗米粉
想要到普洛铁路段招待所洗个热水澡
需要在弯曲陡斜的山路走上两个钟头

就这样走了两个钟头到了洛阳镇
再坐车到金城江再转车到南宁
就这样从天未亮走到天已黑
小覃跟着我来到了星湖路大板二区
后来她又去照看别人家的小孩了

再后来她又去做了什么就不知了

2008年春季我在自治区党校学习
有一个傍晚我在校外悠闲地散步
忽然听到一声熟悉又陌生的叫唤
小覃正在路边摆个流动的熟食摊
原来她没回乡而在南宁打拼了多年
后来嫁到了江西镇敢槐村刘姓人家
看她的样子此时的日子过得不算好
我对她说有什么跟大哥我说一声呀
重逢之后她少联系我我也不惊扰她

最近几年每到大年初七她都来电邀我
我从她的开朗热情看出她日子好多了
这天是敢槐村全村的开年饭之日
每家每户都向亲朋好友发出邀请
哪家来的客人多哪家就更兴旺
这个日子甚至比春节还要热闹
我也成了小覃家和村里的熟人

今天刚好是人日，是个走亲访友的好日子
今天刚好是敢槐村和小覃家开年饭之日
今天刚好女儿在南宁一定要带她看阿姨

我也想让女儿知道　生存的方式和路径很多
总有那么一条适合自己

　　　　　——2018年2月22日纪事·大年初七

总有些事让我想回桂西之西

今天　凤翔路的风很大　是南风
从南边的南海吹来的南风
但它没有吹开灰蒙蒙的天空
屋里阴冷潮湿，屋外潮湿温热
心绪和所有的事物一样　都是湿的
我混迹南宁已是第三十六个年头了
至今还未与回南天混熟
一碰上这样的坏天气　我就想回桂西之西了

今天　我的大学同学赵一高
为我和我的家乡写下了《西林　西林》
前些天他自驾游穿越了驮娘江
可惜我已返邕不能与之相遇王子山下
但他还是像三十多年前那样
青春激昂地为句町古国高歌一曲
一看到那些美景　我又想回故乡了

今天　桂西之西八达山城
一阵春雷滚过一阵暴雨飘过
雨过天晴　天空透蓝
县府大院家门前有一个人
看见她的背影我就知道她是谁
她刚刚病愈出院，正在享受午后阳光
尽管在阳光下但拍照的二姐不让我
　正面看到妈妈仍然憔悴的模样
一看到妈妈这样子　我又想回家了

——2018年2月27日纪事

惊蛰,万物甦

八洋村头一碗米线的辣椒骨红汤
39座中巴空间里7个小时的盘旋
205元的由西向东的距离
1000里的聚散离合

从广南出发的动车票春节前已被订完
从西林出发的客车也是趟趟座无虚席
我明显感觉到一股暗流在我身边涌动
我是他们中的一个,我与他们一起远行
车厢里已不像往常那样稀疏空荡
而车舱里的行李那么沉重
有些人这次出行到下次返回
或许需要三百六十五个日子
同向行驶的挂着粤字车牌的轿车
像一只只候鸟疾速飞过我的眼前
我清清楚楚地看见那条迁徙的轨迹
从云贵高原东端桂西之西的驮娘江到右江

到邕江到郁江到西江再到宽广的珠江

春雷响,万物甦　惊蛰至宜远行
南宁是我的终点站
南宁只是他们的中转站
他们还要向更远的远方远行
我只能希望他们且行且珍惜

我还希望他们在今天能听到
李克强总理在人民大会堂的报告
和代表们雷鸣般的掌声
我还希望他们知道　代表中有他们进城务工人员
我还希望他们在今天想到一个人
就是胸前永远佩戴着"为人民服务"的徽章
共和国首任总理的那个人
他今天120岁了
他还在　没有离开

——2018年3月5日纪事·惊蛰

站在春天的中间望春风

今日春分　太阳直立在赤道正上方
我站在春天的中间　站在春天的中间我会看见
春风拂面燕归来　雷鸣电闪地复苏

家乡的兄弟姐妹们　开始耘田插秧了
而在北京的朋友笑梅告诉我
她从河南老家带回的麦种在阳台上冒青了
如果还在河南老家　她会走进浅浅的麦田
抓一把干土向上挥洒　探听风的方向
然后扬起风筝　在麦田地撒野
那是小时候的事了　她最后干叹了一声

那是小时候的事了　至少在四十年以前
广西木偶剧团来到桂西之西的八达小镇
我第一次看到了木偶戏
我记不得戏目了　也忘记了是什么时节
但它在我的记忆里总是春光明媚

直到今天我才知道
桂平、合浦、德保、靖西还有民间木偶剧团
还有那么一群执着的人逗孩子们高兴
轻轻提醒各位一声　今天是世界木偶日

今天　也是世界睡眠日
一份报告显示，广西有超三分之一的人失眠
其中四大原因之一是看小说
我要把这个消息告诉东西、凡一平、黄佩华、李约热
他们肯定是偷着乐了
他们总在失眠的时候给读者制造失眠

所以　今夜我要向他们索赔
索要一壶酒
好让我在失眠日之日　拥春入眠

——2018年3月21日纪事·春分

三月三还没到,就已经是糯糯的了

今天是农历三月初二
三月三还没到　就已经是糯糯的了

四十年前离开西林外出谋生的二姐
在八达农贸市场看到了糍粑、红肠、五色糯米饭
她满满正喜悦是糯糯的
正福哥和他正在读小学的孙女
联手做起了糯糯的五色校徽
那份祖孙情是糯糯的
惠萍同学在壮族老家百色
晒出了一幅五色仕女图
那行走在芭蕉叶上的仕女是糯糯的
光珍同学在大糯的故乡靖西
晒出了孩子们拼出的五色图
那一幅幅精美的彩图也是糯糯的

小时候　三月三我们是这样子的

抓一把五色糯米饭　捏成紧紧的一团
咬一口　走上大街小巷
嚼一口　串进东家西家
一路品尝五色的芬芳　小嘴巴都是糯糯的

今天　南宁地铁一号线
像一条五彩之路　将带我回到糯糯的故乡

——2018 年 4 月 17 日纪事·农历三月初二

同学里当护士的那么多呀!

1979年夏天　好多女同学一下子不见了
她们像一朵朵白云飘向远方
再后来她们又飘散各地
她们是上天派来的白衣飘飘的天使

那个夏天上高一后　西林中学的校园冷清了许多
就像黎玲同学说的那样　一个时代结束了
叶振彬呀李骏呀吴健开呀蒋晓红呀袁小明呀黎玲呀
　杨敏呀　他们去百色高中了
而更多的同学
为了早日工作　为了减轻家中负担
为了一种可能可以干一辈子的职业　读卫校去了
叶梦婕呀黄彩丽呀莫红芳呀董红兰呀何翠香呀韦彩
　英呀
莫萍呀李芳呀覃玉莲呀廖丽萍呀黄艳娇呀李艳红呀
　谭丽雪呀
她们去了南宁，去了柳州，去了百色，去了隆林

高中之后
蒋晓红去了广州军区卫校
马玉群去了南宁市卫校
刘澹璐去了玉林市卫校
杨敏去了柳州市卫校

那时她们真的是好艰辛呀
比如说黄彩丽同学　毕业后分配到了那佐乡卫生院
虽说那是她小时候生长的地方
但那里离县城最远离家最远
还有黄艳娇同学
她工作的第一个单位是那劳乡卫生院
她说那时晚上一个人都不敢起来的
还有马玉群同学　她是护士中离我最近的一个
她在南宁石柱岭读书
毕业后分到了平果县太平乡卫生院
好在罗荣立同学经常去看她
那段日子才有些暖意

三十多年转眼就这么过去了
莫萍同学从柳钢工人医院早早提前退休了
董红兰同学在西林转行做起了糕点师
叶梦婕同学在广州拓展的事业还与医药有关
黄艳娇同学在北海拿到了心理咨询师的执业证书
马玉群同学在百色、广州来回奔忙

当起了孙子的专职护士
何翠香同学当奶奶带孙子去了
若你走进西林县人民医院住院部四楼
你从宣传栏还可以看到　何翠香护士长

还有更多的同学仍然身披白大褂
在治病救人的路上　奔跑
李芳同学在横县人民医院　奔跑
刘澹璐同学在南宁市第八人民医院　奔跑
莫红芳同学在荔浦市人民医院　奔跑
杨敏同学在茂名市电白区疾控中心　奔跑
蒋晓红同学在广东省第二人民医院　奔跑
李艳红同学在右江医学院附属医院　奔跑
黄彩丽同学在百色市皮肤病防治院　奔跑
谭丽雪同学在百色市中心血站　奔跑
韦彩英同学在西林县人民医院　奔跑
覃玉莲同学在八达镇卫生院　奔跑

她们是人类仰望的天空上　那一朵朵飘来飘去的白云
抚慰着凡尘里苦难的心灵和躯体
她们是上天派来的白衣天使
她们又是我们熟悉且平凡的邻里发小
她们也是孙辈们紧紧相依的奶奶、外婆

————2018年5月12日纪事·护士节

与父亲相关的一些事儿（组诗）

以前买辆单车比现在买部汽车还难啊

2017年教师节　我去看望小学老师苏惠英
她给我讲了个故事
大约是1975年吧　支边支教的她将调回百色前
从熟人那里特批了一张单车票
那时买单车是凭票限量的
票得了但钱又不够　一百多块钱她一个老师都凑不齐
她又找到我妈　我妈翻出存折　也只有几十块钱支持她
她终于带着新车回百色了
"以前买辆单车比现在买部汽车还难啊"
她说没有我家帮忙的话
回家都没有一件像样的东西

我想说的是　1980年我上高一后
我家才添上一辆凤凰牌单车
此时我爸当百货公司经理已近十年

吃了生产队的东西就要给钱

20世纪70年代初的一个寒假
我和我哥还在念小学
我舅爷家就在我家山坡下，在东门街
那时叫八达大队第五生产队吧
那时生产队有一大片甘蔗地
那时生产队可以自制土红糖
那时我和我哥随着舅爷
还有表哥表姐来到甘蔗地
甘蔗是硬硬的那种，我们叫竹蔗
啃一根嘴角都会划出几道伤来
我们最喜欢等待的是
大锅熬糖快成浆的那一刻
把剥好的甘蔗插入浆中捞起一把
忍不住清香的猴急的我们
吹一吹就舔一口烫一下
不急的就往冷水里浸一下

糖浆就冷却凝固，很耐吃
后来吃到的古巴原糖
远不如我们的糖浆清甜

或许是吃得太多　或许是忘了擦嘴角
晚上回到家就被我爸发现了情况
"吃了生产队的东西就要给钱"
他随即摸出两毛钱
命令我们兄弟俩交给舅爷给生产队

那两毛钱还没交到舅爷手上
我表哥就快速中途拦截
扬起票子飞奔出门　看电影去了

以前车少，领导出差时都要问
有没有一路同车的

2016 年元旦
我回家看望我爸我妈
那天早上　我陪我爸在西林县府大院散步
院子里停放的车辆很多　比以往多得多
各式的牌子也很多　只是车门上都打上了封条

现在的车子真的多啊
感叹后我爸又疑惑地问　为什么都打上封条了呢
我说准备要进行车改了
在此之前车辆一律封住不许开

我爸突然感慨地说
"以前车少，领导出差时都要问有没有一路同车的"
我记得那时县府有一辆北京吉普车
后来有一辆苏联拉达
再后来有一辆丰田面包车
再后来……

此时我爸已从县府领导岗位上
退下来二十多年了

——2018 年 6 月 17 日纪事·父亲节

你赶考路上的泥泞
让我想起了以往的艰辛

午后的凤翔路的上空　闷雷滚滚
我期待洗却燥热的那场雨
和雷声一样　仍挂在天空

而一场不期而至的滂沱大雨
从昨夜开始　把我的桂西之西搅得泥泞不堪
水毁道路交通受阻
赶赴县城参加明日中考的那佐乡的初三学子们
形如爬雪山过草地的红军战士
但愿明日作文的考题就是"在路上"

但他们拉车推车的样子
他们相互搀扶的样子
他们泥鞋拼花的样子
都是这个夏天青春的样子

他们已写好中考的第一篇作文

只是他们赶考路上的泥泞
让我想起以往的艰辛
那佐苗族乡　距离县城九十一公里
紧挨着云南省的富宁、广南两县
2017年8月的一天
和几个同学赶去永祥同学家中奔丧
我才第一次到了那佐
坡皿、西平、弄汪、那佐　一路坑坑洼洼
二级公路正在施工建设

我的那佐同学真的多呀
邓真呀李丽娟呀农志坚呀陆廷昆呀肖怀合呀
后来的李艳呀凌艳芳呀陆永祥呀
那佐就是永远在我左手边的那个地方

凌艳芳同学永远记得
1980年的那个初秋的凌晨
她的父亲踩着自行车　驮着她和她的箱子、床、被
从那佐赶到附近的西平乡
搭乘班车到县城到西林中学到高中部
农家子弟志坚同学不会忘记
入学那天　他扛着比自己还重的行李
走了两天才来到了县城

李艳同学、李丽娟同学也肯定记得
那个暑假的早上　她们搭着人货混装的拖拉机
突突突地在回那佐的路上狂颠了大半天

我们的桂西之西，那时乡镇没有高中
我们的桂西之西，现在乡镇也还没有高中
我们的桂西之西现在只有两所中学
两所中学都在县城八达
来到县城念高中　是寒门学子跃龙门的第一关
我永远记得这样一个数字
乡下学子能来县中读高中的
一年仅此一个班　　一班不外乎四十人

我还想再多说一件事
1982年高考　西林唯一的中学唯一的文科班
只有一个学生考上本科
他叫李骏　就读于南宁师范学院中文系
如果算上我这个广西民族学院的预科生　也不外乎两个

——2018年6月23日纪事

我的日子和凤翔路一样长

我的日子
和凤翔路一样长　足足有六百米
凤翔路的三段
把我的每一天　也分成了　早中晚三节

民族大道与云景路之间这段　有两百米长
我待得最多的　当然是家里和办公室
去得最多的　是航洋国际城五楼的电影院
一楼北街的吴越人家和半闲居
在吴越人家我见到一些作家
在半闲居我见到很多同学

云景路和长湖路之间这段　也是两百米长
24小时营业的便利店和粉之都
和随时来去的夜宵摊点
让随时随刻醒来的人们　有个去处
而蓝山上城临街的店面

被浦发银行、中国银行、招商银行、中国农业银行、
　北部湾银行一溜占满
自助柜员机24小时睁着眼
但它看到的来人似乎不多

长湖路和佛子岭路之间这段　同样也是两百米长
桂林石记米粉、天等石磨粉、宜州吊烧粉、河池六
　圩老奶米粉、全州红油米粉、蒲庙生榨米粉、南
　宁烧鸭粉一字排开
拉长了我的眼线和味觉

定居在凤翔路十三年后
小吃店和便利店　终于比药店多了
每天都可以享用不同的味道
这是一件多么好的事呀
我才得以告诉朋友　我在凤翔路　挺好的

——2018年7月12日纪事

我和凤落脚的这个城有些缘分

今日清晨
这个凤落脚的城
清新如画
山环绕着城
雾环绕着山
光环绕着雾
太阳被浓密的水雾遮拦
我可以和这个圆圆的白　对视
一如相熟的样子

而那清新的味道
也是我熟悉的味道
它引着我走向农贸市场的喧闹
鲜红的番茄、翠嫩的小南瓜、素净的糯玉米
长得与我桂西之西故乡的一模一样
尽管两地相距四百公里那么遥远
在半个世纪前两地同属百色地区

我与凤落脚的这个城是有些缘分的
我有一个叫蓝的女同学来自那里
我有一个叫凤的男同学来自那里
我有一个叫文的同学的岳父岳母也在那里
三十多年来凤山因他们而时时让我记起
而从今日开始
在凤城镇松仁村平包屯
一个叫辉的贫困户　一个叫慧的小女生
将成为我想念凤山的理由　和我远足凤山的最远处

我与凤落脚的这个城缘分越来越深了
这肯定是一种与生俱来的因缘
从南宁到凤山的五个半小时颠簸
如同我返回桂西之西故乡的感觉

——2018年7月20日纪事

白云和灰云各占半边天

大暑的中午
我带着一碗螺蛳粉的微辣
在凤翔路上与七月的闷热　相撞

地下的湿热　天上的燥热　内心的烦热
让这个大暑五味杂陈
有风从远处来　一个即将登陆的台风名叫"山神"
搅浑了天空　白云和灰云各占半边天
日头在云层后面躲躲闪闪

这个大暑　很不明朗
就像被六十五万根针乱扎一样
令人隐隐作痛寝食难安
无奈和无助的人们　仰望苍天
等待一场倾盆大雨
等待长生生物疫苗一个明明白白的说法

——2018年7月23日纪事·大暑

总有些事与你息息相关

昨天的雨今日的雨断断续续
半晴半雨牵扯不停
总有些事与你息息相关
犹如二十四节气,犹如春夏秋冬

南环路上的杜康餐厅
二十六年前我就知道它了
今日突然记起五柳炸蛋的酸甜
去了一趟还吃上了招牌甜酒鱼
这可能是南宁留名最长的大排档了
我这个外来人都与它相知相连

今早我突然升格成了表舅公　表妹当上了奶奶
九点二十七分表外甥的女儿
降生在南宁市第一人民医院
医院离杜康餐厅
只有一百米

而从今天起
我们家的第三代也与南宁有关了

三十六年的来来往往
让这个叫邕的城已成故乡
它的一滴雨,它的一阵风
于我而言皆息息相关

——2018年7月25日纪事

回家的路那么远那么难行

秋来第一天　我在阳光灿烂的凤翔路上
安逸地为等待一滴不来的雨发呆

桂西之西的故乡　却发出了暴雨蓝色警报
县城八达镇东面区域　被五十毫米以上的暴雨冲击
回家的路又断了
南宁到西林一千里的距离
回家的路　通常就两条
动车　南宁—百色—云南广南
再转乘小巴士行走一百八十里的山区二级公路
高速　南宁—百色—田林潞城
再转下高速进入三百里的山区二级公路
以往我随意选择线路回家　再远　也有回家的路
今天　我却望天长叹

一个月前我回家　在广南与西林的交界处
被原先塌方的路段堵了一个小时

二十天前二姐回家　在此被迫下车爬过山坡
转乘对面来接应的小巴士
十天前艳芳同学回家　在此也遭遇同样境况
十天前我的表侄　从南宁开车回西林
被塌方堵在田林福达乡
五天前西林的朋友　从这条路还不能走上百色

今天美顶同学告诉同学们西林又下大雨了
广州的梦婕同学、钦州的邓真同学心急如焚
正在乡下扶贫的思阳同学站在洪水边上
向同学们直播了顶蚌村那维村的灾情
而西林县公安局交警大队对外通告
这段路再也不能通行了
那佐到西平的路也断了
一个月前中考遇阻的故事还记忆犹新
县城去苗寨坡皿村的路断了
同学们去文忠家吃辣椒骨的念头也断了
花贡村的路也断了　美兰同学、志刚同学来不了县城了
武敏同学今天你再有什么好菜　都要藏进冰箱里
等河水变清了再大声叫唤同学们
顺便告诉武敏同学一声
下个星期　我工休　回家

那时　回家的路　好了吧

——2018年8月8日纪事

雷声滚滚却没有灌入我的耳朵

清晨的凤翔路上　有些闷热
没有一点立秋之后的样子
还没走到六圩老奶米粉店吃上叉烧粉
已冒出些汗来了
想必在午后　会有一场大雨

午后的天空真的闹起了雷声　一滚一滚的雷声
但它总是滚在天边　滚在耳边
它没有直落下来　它没有灌入耳里
它那么远　甚至让我以为是桂西之西传来的回音

这一两个月的雨
已把我回家的路和我的心　打得稀巴烂了
雷啊　要响你就响在凤翔路的上空
雨啊　要下你就下在凤翔路的路上
至少凤翔路不会被水淹不会被水毁
至少我去动车站或汽车站的路不会断

而云贵高原东端这个坚硬的名字后面
总有一些脆弱的山体经不住暴雨冲刷

雷声越滚越远了
在它销声匿迹之后一场雨随之而来
短暂而浅浅薄薄的雨　只是湿了地面
但却湿透了我的眼
忧虑灌满了我的心
雨　是不是又下到桂西之西去了

这时美顶同学发来几张图片
让我的心如雨过之后的天晴
她正爬上县城后山去她的菜园摘菜
她那严实的遮阳防晒的装束说明
八达小城的天空　日头很辣

——2018年8月11日纪事

与平用屯有关的一些事儿

昨日夜半的一场大雨　冲断了鹊桥
但没有冲断　今日我们去平用屯的路

从县城到平用屯不足八公里
黄建邦同学催促的电话就来了两次
李万民、玉红、黄昌耀、农绍明、陆绍光、廖武敏
几个同学带着我赶往平用屯
会一会四十年前的同学黄建邦、黄建伦、黄升华

这个叫平用的屯字面解释如平白无用之地
实际上壮语的意思是一片平坦的稻田
有意思的是村民住在河对面的坡上
河的另一面便是养育他们的百亩良田
这条环绕平用屯的江就叫驮娘江

1975年暑假的时候我涉过了这片水域
杨忠亮老师带着我们一群五年级的小学生

扛着行李背着书包手握镰刀学农来了
男同学只有叶振彬、黄学杰、莫仁清和我四个
还有莫萍、彩丽她们十来个小女生
我们学着村民的样子
早上过河到对岸收稻谷
傍晚收工在河里洗凉干净回村
然后一路摸黑找到东家吃晚饭
之后返回平用小学睡在课桌上面
说起这事时　黄建邦他们几个平用屯的同学也还记得
可是当时我还是个孩子
总记不起那时的东家姓名和来去的路

那时我也不懂有个叫黄佩华的平用男孩
在县委当通讯员
大家也想不到后来到水泥厂当工人的他
当上了县委宣传部部长
之后又出任《三月三》杂志社总编辑
壮族作家创作促进会会长
广西作家协会副主席
《涉过红水》《河之上》《生生长流》
他的这些系列作品里的人物和故事
都烙上了驮娘江浑浊或清澈的水印
平用屯成了广西文学的地理标志
广西文坛的好多知名人物都来过这里
东西啊凡一平啊覃瑞强啊李约热啊

他们在平用屯留下的足迹和文字
一不小心可能就会进入广西文学史

这一点我不敢告诉平用屯的同学们
我也不敢告诉他们
我与这些知名人物是光着膀子喝酒的
我怕我的这点酒量
渡不回
河的对岸

——2018年8月18日纪事

过来帮我抓下猪脚啰嘛 ①

"我妹家杀猪,你带两三个朋友过来喝酒!"
今日一大早正在老家平用屯写作的佩华哥
以简单平白的文字
给我发出了珍贵的邀请

想起很多西方的高雅小说和电影
也想起平素的日常往来家长里短
"我和夫人非常荣幸地邀请您
明天晚上到我家里共进晚餐!"
"兄弟,今晚过来我家喝两杯!"
这又有多大的高下之分呢
北方的"吃了吗?"
我老家的"今晚勺酒 ② 没有?"
对人的盛情和对食物的赞美

---

① 啰嘛:方言中的语气词。
② 勺酒:方言,喝酒的意思。

溢于言表　直入人心

我永远记得最温婉的一句邀请
那是多年以前的一个腊月底
我表姐要杀猪过年，登门邀我去吃饭
话不多且是轻声慢语
"明天过来帮我抓下猪脚啰嘛！"

——2018 年 8 月 19 日纪事

向一头我不认识的猪致敬

今日　一头桂西之西的平用屯的猪
由畜生演变成牺牲
我不认识它
但我要向它致敬

感谢上苍赐予我们食物
平用屯的父老乡亲不会那么说
他们以另一种方式　表达感恩
细心饲养　那是对那头猪的敬畏
拿杀猪刀的人不是主人家　那是对那头猪的敬畏
摆在祭台上　那是对那头猪的敬畏

把它的宽容分割成条条块块　那是对它的赞美
把它化成餐桌上的美味　那是对它的赞美
大口吃肉大口喝酒　那是对它的赞美

感谢上苍赐予我们食物

感谢食物赐予我们生存的勇气
赐予我们血浓于水的亲情
和密不可分的友情
和千丝万缕的人情
或许还有　气味相投的爱情

一只卑微的畜生
一个高尚的牺牲
你可忽略不计
我却铭记在心
今天　向一头我不认识的猪致敬
也向我不认识的所有的猪　致敬
趁我现在还清醒　我向世人宣布
从明天起　谁骂我像猪一样
或者满脑肥肠吃了睡睡了吃
我会低下身来　自省
我　生不如猪
百年之后　亦不可与其相提并论

——2018年8月19日纪事

想去羊角老寨的念头如秋水一样清亮

夏日的洪水过后
小河清亮起来了

我便看得见
四十二年前的那片河面
漂浮着一碗碗滚烫的稀饭
就着河水的清凉
和一勺来自羊角老寨的苗家辣椒粉
我把一碗稀稀的稀饭
一饮而尽

辣椒粉来自我的初一同桌杨文荣
他来自羊角老苗寨
我们坐在第一组最后一排
但是初一还没读完　他就回家去了
长相成熟的他
让同学们纷纷猜测

他是跑回家结婚了吧

羊角老寨就在小河上游
开车去只要二十来分钟
而当年杨文荣同学上学
需要两个小时翻山越岭

明天是不是去一趟羊角老寨呢
随心而出的念头
如秋水一样清亮

——2018年8月27日纪事

我初一同桌杨文荣同学的三句话

　　"当时家里困难得很　就靠我一个人了"
　　初中一年级的某一天我边上的座位空了
　　四十二年后杨文荣同学这么告诉我
　　他把教室里的安逸丢在一边
　　回到羊角老寨暴晒在烈日之下
　　迎风爬上山坡的玉米高过他的个头
　　但他掰玉米的样子
　　充满着古铜色的坚定和力量

　　"过两天我再买几只鸭崽回来"
　　我对餐桌上食物的赞美
　　他化作了一句暖心的承诺
　　还有那个今天我干了三碗的李子酒
　　他说要再泡一回等我过年时来再喝
　　如同当年他给我一瓶羊角老寨苗家辣椒粉

　　他那快两岁的孙女绕膝撒娇

在他的耳边喃喃不停地说着普通话
他用古老的苗语和蔼应答
爷孙两代心领神会
"普通话我就是说不出来"
他有点不好意思
也没有什么不好意思地对我说

——2018年8月28日纪事

你能平安到达
是因为有人为你把稳方向

今天早上　我以
一次千里的旅程
两条八洋桥头卷筒粉
千万滴桂西之西的蒙蒙细雨
诗意地开启九月

但诗意很快就被时快时缓的车轮碾碎
从西林县八达镇到田林县潞城高速路口
三百里的山区二级路上险象环生
夏季的连绵雨情已让这截路中断多次
今天可以通行也只是幸运而已
一路都是山体塌方水漫路面
单向行驶的路段一转个眼便会遇到
这样的险境让人最担心老司机了
因为他最熟悉路况

每一个陡坡每一个拐弯甚至每一个跳点
他都熟记于心,闭上眼都明了
以平常的速度和惯性前行
在今天却是万万不可

今天的司机是个中年人
我不认识他但我把生命交给了他
四十多个旅客把生命交给了他
显而易见他也明知
十点钟西林到南宁的大巴准时驶出站台
但在之前他肯定还会为这一脚启动
准备了很多很多
比如前夜不可多喝酒
即便是亲戚的喜酒或朋友的生日酒
他都会早早离席上床睡觉保证精力
他还会早些时间来到车站
察看车况再熟悉车辆一次
这肯定不仅仅是一种习惯
但我和大多数人一样总是视而不见

但我今天看见了
在每个单向行驶的路段
他都是让对方先行过来
在每个水漫路面的地方
他都是减下速度慢慢行

今天没有一次急刹车
今天没有一次急转弯
历经近八个小时的辗转
我们终于平安到达南宁

你能平安到达是因为有人为你把稳方向
我们对别人的付出总是心安理得
比如　我们一大早走上洁净的马路
我们大多不会想起那些早起的清洁工
我们每天走进熟悉的早餐店
我们大多不会赞美人家十几年的坚守

今天为我把稳方向　把我平安送达南宁的那个司机
我不认识他　但我赞美他

——2018 年 9 月 1 日纪事

九月九日忆湖南韶山冲毛公

一九二七年九月九日
一群衣衫褴褛的工农
在湖南江西交界处
举起了中国共产党军队的第一面旗帜
工农革命军第一军第一师
然后在井冈山　创建第一个农村革命根据地
然后　红旗漫卷　星火燎原
他们的领头人是来自湖南韶山冲的一个书生　毛泽东

一九七六年九月九日下午四时
中央人民广播电台传来沉重的宣告
云贵高原东端的西林中学的操场上哭声一片
我的同学李林当场昏厥过去
这个让举国哀恸的人　我们都叫他　毛主席

今天　二〇一八年九月九日中午
我在南宁吴圩机场　等待飞往郑州的飞机

晚点四十分钟后　开始登机了

河南　我没有朋友
但我将看到太行山下的红旗渠
它也是一个
红色圣地

——2018年9月9日纪事

三十一年前他们走上讲台
就从未离开过

在跨进这所大学的门槛前
我们班的同学肯定都知道
培养少数民族干部和少数民族地区师资
是这所大学的教学宗旨
四年之后的我们
不是一名少数民族干部　就是少数民族地区的教师

1987年7月便证实了这一点
那是雨泪分不清的季节
在离别之后　好多同学走上了三尺讲台
石梅花同学分配到了广西航运学校
后来改行成了公务员
隆家泽同学分配到了在黎塘的广西水电工程局子弟
　学校
后来成长为国企领导

潘振学同学分配到了巴马师范学校
后来从政当上了一市之长
也有个例外　本来从政的陈观平同学改了行
现在自治区总工会干校教书育人

而更多的同学
一走上三尺讲台　三十一年就从未离开过
周喜莲同学分配到上林县城关中学
至今她从未离开过
樊倩同学分配到广西壮文学校
后来这所学校又多挂了两块牌子
广西民族中专、广西民族高中　但她从未离开
蓝莉萍同学分配到宜州师范学校
后来学校并入河池学院　她都从未离开
韦新兰同学也是分配到宜州师范学校
后来转到广东江门市鹤山中学　从未离开教师行业
韦焕刚同学分配到了宜州一中　至今从未离开
赵一高同学分配到天等高中　至今从未离开
蔡荣同学分配到柳州第十五中学　至今从未离开
磨志仁同学分配到贵港民族中学
后来辗转了多个学校　从未离开教育事业
陆广寿同学分配到隆林县党校　至今从未离开

其实我们班的同学都当过老师
1987年的春夏之交

在平果县马头镇中学
在都安县瑶族中学
在扶绥县中学
四十多个同学分成三组进行教学实习
在四十天里我们被尊称为老师
而这四十天搭建成了四十节前行的阶梯
有些同学在某个路口转向别处
有些同学一直默默前行　三十一年来　从未停歇

我叫老师最多的
是大学班主任吴学权老师
然后是
蓝老师
樊老师
韦老师
赵老师
蔡老师
磨老师
……

最后我想说的是
我们班是广西民族学院中文系八三级一班
那时四路公共汽车的终点站
就设在大学路末端的东校门
正像今天南宁地铁一号线

在大学路上也特别设了一站——民族大学站
无论学校的名称变了个样
无论学校的景观多了几样
校园中心的那个湖
还是从前的样子
它盛满了我们对
母校
同学
青春的
相思

——2018年9月10日纪事·第三十四个
教师节献给那些为人师表的同学们

有的地方你从没去过却又很熟悉

来到河南林州
就是以前叫林县的那个地方
只买了两样物件
一本《红旗渠》连环画　一盒黄金叶香烟
四十多年前　这两个物件
让我知道了河南　知道了林县

到了林县才知道
它地处豫晋冀三省交界
与我地处滇黔桂三省交界的桂西之西　一个模样
行走之后也才知道
从吴圩机场飞到新郑机场　再乘大巴到林县的时间
与我从南宁回故乡的时间　相差无几

有的地方你从没去过却又很熟悉
比如林州　以前叫林县的那个地方
那个创造红旗渠的地方

——2018年9月13日记事之一

穿过缤纷的历史我来到了红旗渠

从南越之南
我穿过历史的天空
降落在中原之中

我穿过曾经刀光剑影的战国之郑
我穿过每颗石子都可能有故事的殷墟遗址
我穿过每滴水都饱含历史意味的黄河
我穿过汤阴　路过岳飞家门时
我看见岳母在刺印"精忠报国"
我穿过安阳看见了七朝古都
我穿过殷墟遗址
我看见汉字一个个站立起来
我穿过中国汉字博物馆
我看见一个个汉字在跳象形舞

我穿过缤纷的历史来到了红旗渠
我听到了来自

旷古的
高八度的
豫腔
"劈开太行山　漳河引水来"
我还听到了
在太行山上沸腾的
中华民族的合音
"红日照遍了东方　自由之神在纵情歌唱"

——2018年9月13日纪事之二

山竹不仅仅是一个台风

华灯初上
凤翔路的上空飘起零零星星的雨
风吹起了口哨
西天的火烧云已证实
一个叫山竹的超强台风即将穿过南宁

我最先看到的景况来自香港
发小阿玲发来的视频里狂风大作
她却说她要做一道山竹炖牛肉
广东江门的新兰同学发了个帖子
说是真像过大年一样啊
冰箱里满是食物,一家子围成一桌吃山竹
邻家泓桥小妹兴奋过了头
从来宾驾车去北海说是去看台风
像疯子一样想做个风之子

两三天前大家都已在议论

这个号称史上最强的台风
直到台风登陆将由东向西呼啸狂扫
没有人显现一丝恐惧
就像把一个山竹扣在玻璃杯里一样
这样的大无畏气概和娱乐精神
让一场灾难变得轻描淡写

手机上的天气预警　也是淡定而温馨
明天有雨　出门带伞

——2018年9月16日纪事

哪有什么岁月静好啊

作家小刚今早去看了
来南宁住院的村小队长老赵
下午又赶回村里了　赶在台风到来之前
他是大新县三合村的第一书记

师弟小卢一大早也出了门
他跟从一队消防官兵
从柳州赶赴玉林
增援重灾区　正面阻击台风

在南方电网工作的如杰同学
刚刚发了一组照片
玉林的电网工作人员正在狂风中抢修
她说　这将是个不眠之夜

今夜　我枕着山竹入眠
甚至可以梦入台风中心

——2018年9月17日纪事之一

山竹是一种水果或一个台风

山竹　是一种热带水果
外表看似坚硬　内心却是柔软

今天央视的午间新闻
用了十四分钟的长度
丈量了台风山竹的暴虐
香港、澳门、广东、广西东部
都印下了暴力山竹的痕迹

预报的偏差　不应成为狂欢的理由
昨夜凌晨四点　我还处在忧虑的境地
直到山竹吹着口哨　绕道而行

今天一大早
乐业县刷把村就发出预警通知
它是我以前联系的扶贫点
它远在云贵高原东端

它远在山旮旯里头
但它也扎起了防御的篱笆
村委杨主任在那么远的地方还问我　南宁受灾严重吗
敬畏自然　一个村干部比我懂得多得多
现在他在离台风中心很远的山里
静观其变　严阵以待

————2018年9月17日纪事之二

这座南方之城没有饥饿感

在黑夜睡去之后
在清晨醒来之前
凤翔路与长湖路交叉口上的
那家流动摊点
为城市守夜

早上六点半
它准时撤离
此时　政府阳光工程的早餐点
已在全城的每个角落铺开

凤翔路小学旁的那家桂林米粉店
挂起了旺铺转让的牌子
蒲庙猪脚生榨米粉店旁
又多开了一家宾阳酸粉店
这座南方之城　没有饥饿感

——2018年9月19日纪事

今天我只看见一个农民

农民最喜欢秋天吧
稻花香里说丰年
说的就是这回事吧

我不是农民　我认识的农民也不多
我的一个堂弟和一个堂妹
还在隆林县者保乡同福村堆岭屯　守着那一亩三分地
我的苗族同学马文忠　在西林县八达镇坡皿村豆腐屯
另一个苗族同学杨文荣　在西林县八达镇龙保村羊角老寨
我的汉族同学彭少贵　在西林县八达镇旺子村孟沙屯
仍然在耕种那半坡玉米地
他们劳作的艰辛和丰收的喜悦　我难以体会
因为我不是农民

但我今天很想跟一个农民聊天
聊聊首个农民丰收节

和我共同值班的保安老韦
恰好来自宾阳县某个小山村
隆贵高速公路征地
让他家的水田只剩下了三分地
远在山里的旱地已长出了野草

老韦是我今天遇到的唯一的农民
但他身着仿警制服
工作和生活在邕城凤翔路三号

今天是他的节日
但他没有回村去

——2018 年 9 月 23 日纪事·首个农民丰收节

在百色城东汽车站候车想起一些事儿

今天中午在百色城东汽车站候车
准备返回桂西之西　想起了一些事儿

二〇一五年最后一天的中午
在乐业县同乐镇刷把村扶贫的我
到百色城东汽车站转车回桂西之西
候车时我手捧随身带的《广西文学》
闹中取静地读了起来
眼累了抬起头活动一下
一眼扫过候车大厅
一众旅客几乎都在埋头玩手机
仿佛只有我一个人闻到墨香
今天的样子和那天也几乎一样
不同的是全部的旅客都在玩手机　包括我自己
今天我的行李包里没有书籍杂志

二〇一六年的第一天早上

我陪老爸在县府大院操场散步
"那么多的小车呀"
看到车改前贴上封条的大批车子　老爸感慨地对我说:
"以前车子很少,领导出差时都会问有没有同车去的人。"

时间飞速转动
我离开刷把村已近三年　老爸离开我也几近两年
总有一些东西会随着时间流逝
也总有一些东西会随着时间到来
比如智能手机来了书本还留得住吗
比如工作条件好了还有传统情怀吗
比如我们的日子能像今天的数字
2018102
顺着念和倒着念都是一样的吗

　　　　　　　　　　——2018年10月2日纪事之一

你如此悠闲那是因为有人为你忙碌

十月一日早上从凤翔路三号出城时
感觉路上比往日宽敞安静了许多
公车休息了私家车自驾游去了
当然这也是全国交警最忙碌的国庆假期

而更多的人是乘坐火车动车班车出行
忙碌的是那些我们认识或不认识的司机
比如和我一起穿开裆裤长大的杨勇同学
他在公路上来回奔跑已三十多年了
昨天他刚赶南宁班　今早八点又从西林出发
十二点左右到达百色　吃了一份快餐睡了一个小觉
十四点五十分又折返西林了

这趟车满座这在平日里很少见
在车上我听到了
西林官话、西林壮话、西林苗话、普通话，还有不知何
　　地的土白话，他们或是回家或是走亲戚或是旅游

他们不认识司机杨勇
但就是这个忙碌的陌生人带他们远行
杨勇同学告诉我　这个小长假是属于别人的

总是有熟悉或不熟悉的人为我们忙碌着
比如昨天我们为百色起义纪念碑献的花
那是彭少连、黄惠萍同学准备好的
比如我们到右江民族博物馆参观
那是黄霖珍同学为我们讲解的
节假日博物馆全天免费开放
今天她是值班的两个人之一
比如我们一进餐馆就可举起筷子
那是黄惠萍同学早已点好了饭菜
比如餐桌上的香醇玉米酒
那是彭少连同学从旺子坡老家带来的
比如桌上那盘爽口的凉薯
那是赵丽娟、黄美英同学亲手剥好的
比如我们一入住酒店便可舒服地躺下来
那是黄惠萍同学事先已预定好了的

无论是在陌生的路上遇到陌生的人
或是在熟悉的路上遇到熟悉的人
你如此悠闲那是因为有人为你忙碌着
比如刚才　车刚过田林潞城下高速
还要走三个小时的山路才到桂西之西

师弟韦业宇便来电话说是已备酒菜
将用啤酒为我洗去一路尘埃和疲惫

谢谢那些为我忙碌着的人
他们让我得以悠闲地在车上写下这首小诗

　　　　　　——2018年10月2日纪事之二

今天我在孟沙屯吃到了老腊肉

从八达小城往西攀爬几座山拐过几道弯
李万民、廖武敏、黄昌耀、陆绍光同学陪着我
来到云贵高原东端的旺子坡孟沙屯
彭少贵同学早已为我们备好了老腊肉

我有四十年没见到彭少贵同学了
初一四十四班时我们同在一个班
初二分班后我与他就不在一起了
他是来自汉族村落的乡下子弟
他学习蛮好但初中毕业后返乡了
他是家里的老大，有一个弟弟两个妹妹
为了让弟妹继续读书他只好辍学了

他现在依然记得他曾经同桌的同学
黄昌耀呀，罗荣立呀，黄华清呀
他甚至还记得昌耀他爸叫黄瑞金　华清他爸叫黄邦泰
他挂念我们比我们挂念他还多

他现在守着两亩水田半坡旱地
在距离县城半个钟头的山坡里悠然自得
一九八一年他结婚了
两个女儿出嫁了，儿子成家住在他隔壁
父母双全而且是寨上的寨老
他喝酒的姿势和量度让我感觉到
他的日子和他晒台上的谷子一样
充满金色的阳光和饱满的喜悦
我们都遗憾他未能完成学业　他却爽朗地回应
总要有人耕田总要有人晒谷啊
总要有人养猪熏腊肉啊
说的也是　要不今天我们怎会吃上老腊肉

顺便告诉朋友们一句
进了寨子吃上老腊肉你就是贵客
何况今天桌上还有辣椒骨焖羊头

——2018 年 10 月 5 日纪事

而这样的景象是我乐意看到的

走进旺子坡孟沙屯
我看见了满目的青翠
我对同行的同学说
五十年后或成原始森林的模样
而这样的景象是我乐意看到的

登上彭少贵同学的屋顶晒台
满是还带着晨露的金色稻谷
老同学依然坚守山脚下那两亩水田
用他古铜色的艰辛换回金黄色的丰收
而这样的景象是我乐意看到的

站在晒台上我看到了
满山的杉木和挂果的橘子树
老同学特制的蜂箱,老爷子秘制的烤烟
还有年前熏制的老腊肉
而这样的景象是我乐意看到的

站在晒台老同学指着对面山说
那是羊角老苗寨,杨文荣同学就在那里
老同学是几百年前的江西客家迁徙户
他们寨子都有与苗家壮家通婚的习俗
而这样的景象是我乐意看到的

带着老腊肉的浓香和玉米酒的醉意
刚刚回到城里和衣躺下
彭少贵同学来电话兴奋地说
第二回要早点上来啊
而这样的景象是我乐意看到的

这是我回望昨日上孟沙屯的景象
在长途大巴的转曲和颠簸里
它显得如此的清晰和亲近
而这样的景象是我乐意看到的

——2018年10月6日纪事

天这么早早地就黑下来了

中午的时候　天还是有些闷热
下午的一场雨　带来了秋和秋的深灰
不到六点钟　天就黑下来了

天这么早早地就黑下来了
这是入秋之后　感觉天黑得最早的一天
尽管冷空气如期而至　有所防备的心还是凉了起来
在这个时候　与北京朋友阿龙不期而遇
我们认识二十年了　每年也只有一两次的会面
时间的流转真的是快呀
就好像这个天早早地就黑了下来

天黑下来了
唤我回家吃饭的那个声音　很远了　很老了
远得老得我已听不见了
这样的惆怅
就好像这个天早早地黑下来了

——2018 年 10 月 9 日纪事

这个灰蒙蒙的秋飘满历史感

一高同学在天等小山乡的村舍
看见了一场雨　很大的秋雨
我告诉他邕城也有落叶舞秋风了
这个灰蒙蒙的秋飘满了历史感

而玉红同学在西林的母湖屯
被金色的稻谷围拢
丽娟同学在都安的高领村
把金色的稻田作为舞台
京城的朋友安妮在七级大风中
看见深邃的哲学命题
　"上天给了你后悔的时间　却不让你活下去"

这秋风真是惹人啊
它带我回到了三十多年前
我又带着几个朋友
回到二十六年前的那个杜康餐厅

五柳炸蛋
甜酒罗非
爆炒大肠
菠萝炒鸭
沙姜鸡
脆皮扣
住在味蕾很深地方的这些味道
今夜
注定也像这个灰蒙蒙的秋
飘满历史感

——2018年10月22日纪事

霜降节来望霜降，伶仃洋里无伶仃

一场秋雨　不舍昼夜
一个凉字　承受不起一片黄叶飘落
去年 10 月 23 日的霜
降到了今年的 10 月 23 日

在这样的节点里　我总爱回望
商业坡后山上　草尖上凝结的露
稆子叶面上的白霜　还有牛甘果满脸的沧桑
这样的景况　有些许忧伤

而在这回望的忧伤里
传来了港珠澳跨海大桥开通的消息
也传来了今天最温暖的一句话
我的发小韦亚同学
在离珠江口千里之外的珠江源地的桂西之西的商业
　　坡下这么说
"这是一条母子心灵沟通之桥

游子漂泊在外久了　母念甚深
修此捷径盼子归来　母愿毕矣"

今日是节气的节点　今日是历史的节点
霜降节来望霜降，伶仃洋里无伶仃

——2018年10月23日纪事·霜降

今夜在干爽的风里爽爽的

今夜　干爽的风
把那场不舍昼夜的秋雨　吹到南边之南
今夜　适合晾晒　潮湿的心

在凤翔路和凤翔路周边的路上
我看见那些树　如我一样
把心洒落在我必经的路上
以这样的方式　与我与秋　心心相印

好在干爽的风　没让我生出怜惜
只是在霓虹里　有些恍若隔世
那就来一碗　地地道道的老友粉吧
让都市的霓虹　黯然失色
让在干爽的风中的我　爽爽的

——2018年10月24日纪事

五千里的遥远只是一个饺子的距离

凌晨时分　我看见窗帘向南飘动
有些凉的风　暗涌

中午时分的阳光　打消了我立冬的感觉
一个穿着裙子的少女
开着电动车急速穿过凤翔路的翠绿
居住在京城宋庄的朋友笑梅
清晨看见了霜花白
中午看见了枫叶红

昨夜的央视天气预报真好玩
它把大中国划成三个区
北方是棉裤区
中部是秋裤区
南方是光腿区
但划不开的是
今日立冬

在首都的某个食堂
朋友安妮见证了一荤一素两碗饺子
从成形到消失的过程
而在五千里之外的桂西之西
我六十岁的二姐
在一朵艳黄的丝瓜花的映衬下
为我们八十二岁的老母亲
精心包起猪肉胡萝卜麻香味的饺子

中国之大　五千里的遥远
也只不过是　一个饺子的距离

——2018年11月7日纪事·立冬

今天只是平凡的一天而已

今天北方京城宋庄林木萧条
今天南方桂西之西鲜花盛开
今天有人在海边跑马拉松
今天有人跑在扶贫的路上
今天有人的妈妈在乡下病了
今天有人的妈妈陪他在都市训练营
今天太阳照常升起来
今天夕阳也将落西边
今天有人死去
今天有人来到人世间
今天会发生很多事
今天又是平凡的一天而已

——2018 年 11 月 17 日纪事

六点钟的凤翔路气温十一摄氏度

幼儿园围墙上的纸风车呼呼作响
十字路口的夜宵点提前收了摊
六点钟的凤翔路气温十一摄氏度
这是入冬之后最冷的一天

今日大雪　气温骤降，大风乱起
与这个节气不期而遇
这在四季不明的这个都市
只是一种巧合
但它让我对一片雪花
充满了更多的期待

这个时候我总会念起一些地方
全州的东山瑶族乡下雪了吗
融水的杆洞乡苗寨下雪了吗
乐业的大石围天坑下雪了吗
隆林的德峨镇下雪了吗

今年广西的第一片雪花会落在哪呢

师兄彪哥说他想回老家了
资源去车田乡的隘口界白雪茫茫
那是他回家的路
阔别已久的一场雪占满了他的北望

去年的大雪
我和彪哥围坐在凤翔路边上一个大排档
他身着短袖　与我们说些大雪的事

今夜呢彪哥
我像等待一片雪花一样　急切地等他回应

——2018 年 12 月 7 日纪事·大雪

这是入冬后更冷的一天

雨那么大
这在冬季里
少见

气温下滑到七摄氏度
这在邕城
少见

自治区成立六十周年大庆
四天小长假
朋友
也少见了

这是入冬后更冷的一天
一只火炉准备燃起
你　见不见

——2018年12月9日纪事

今天,我在温馨的屋里安逸地吃着饺子

八十九年前的今天
在田东的右江苏维埃政府
打响了百色起义的第一枪

六十九年前的今天
五星红旗在镇南关的墙头
迎风招展

六十年前的今天
有一个行政区域始称
广西壮族自治区

今天
我在南宁市凤翔路竹苑小区自己的家中
安逸地吃着饺子

——2018年12月11日纪事

穿过2019年第一天我用了十三个小时

早上九点在县府大院家门前话别母亲
连着新年炮仗声的凌晨的雨滴　还在回响

原先答应的邀约不可改变　新年第一天
李万民、廖武敏、农绍民、陆绍光和我
一起上了羊角老苗寨
就着高寒山区的冰冷
我干了两碗杨文荣同学的李果酒
两眼昏花满脸发烫

在向云南省广南县进发的车上
我听着廖武敏说起广南故事
那次广南同学吴定春和她的两个伙伴
让廖武敏同学喝红了脸
吴定春同学今天设下的酸汤猪脚宴
我干掉了几块猪脚、三碗酸汤
举起酒杯的手还是软弱无力

十九点十分　我走进了空旷的广南动车站
我将穿越云南广西两省区之间的夜
三个小时后　南宁的夜正深

今天　我用整整十三个小时
跨越了新年第一天两个省区的昼与夜

　　　　　　　　——2019年1月1日纪事·元旦

时至今日,太阳还没走到2019年

2019年元旦19时10分
凄风冷雨中我从云南广南登上动车
用了三个小时穿过两个省区的夜
但无法穿越　雨
南宁和我五天前离开时一样　阴雨霏霏

我都往返2000里了　我已回到南宁半个月了
太阳　还是没有走到2019年

阳光　和我的目光
无法穿透　柔绵的云层　透明的雨帘
　和凤翔路的空蒙
阳台上的衣裤　和我的心一样　总是湿漉漉的
柳州的二姐说　十天半月了　老天的泪从未干过
百色的晓烨说　人都发霉了啰
男生们愁怨　快没有内裤换了
女生们狂呼　下个星期二要放假一天

天气预报　那天将出太阳　适合晒洗衣物
等待一场日出　成了全城的话题和狂欢

这是我在南宁三十六年　遇到的最长的阴雨天了
总有一些事情需要经历和见证
比如　太阳照进南宁的 2019 年
是在哪一天　哪一时　哪一秒

　　　　　　　　　　——2019 年 1 月 16 日纪事

一碗腊八粥开启了年味

一大早打开微信
满是腊八粥的浓香
年　就这么来了

过了腊八节
就把年来办
"过几天杀猪,你来不来呀"
乐业天坑边上的刷把村杨支书
也发来了年的信号
三年前的这个时候我在那扶贫
亲历和见证了居住在高山的同胞们
杀年猪
喝活血
吃刨汤

尽管凤翔路还是天日深掩灰蒙一片
我还是把一碗红糖玉米粥

演绎成了一碗腊八粥
温暖岁末的湿冷　和年初的喜悦
再加上几个黄灿灿的西林砂糖橘
故乡的年味
在我的眺望中
从一千里之外　渐次而来

年就这样来了
便吩咐在桂林的女儿
定好回家过年的时间

　　　　　　——2019年1月13日纪事·腊八节

佩奇那玩意不就是咱们中国的配齐吗

今天《啥是佩奇》预告片在网上很热闹
我耐不住也钻进去看了看
说实话我和片子里的那个爷爷一样
之前确实不知啥是佩奇
尽管我在现代大都市
他在偏远乡下山旮旯

看了一遍先想到
儿子该给老爷子换部好点的手机了
5G尽快来吧,好让山沟沟里信号畅通
再看二遍时就知道了
佩奇是一只粉红色小洋猪
佩奇是河南乡下的一个鼓风机
佩奇那玩意儿就是咱们中国的配齐

过年了要把各式各样的年货　配齐了
过年了全家人拢得满满一屋　配齐了

就像片子里的儿子儿媳孙子回家了
就像爷爷给儿子一家三口配齐礼物
"啥是佩奇？就是一家人在一起！"

今晚早些时候
准备从桂林回来的女儿问
"老爸想要我带点什么好吃的呀？"
我脱口而出 "我要佩奇！"

——2019年1月19日纪事之一

有人惦记着你的惦记
那是多么美好的一件事

今天凤翔路又不见了阳光的踪影
这倒没有坏了我的心情
总是在这个年来的时候
龙州香糯沙糕也就来了
总有人惦记着你的惦记
这是一件多么美好的事

最早吃到老南宁地区的沙糕
那是在 1983 年的寒假后
同学们带来的年货奇异奇香
陆颖同学的上思沙糕好有味
后来
又尝到了师兄神彪的宁明沙糕
又尝到了一高同学的天等沙糕
又尝到吴学权老师的扶绥沙糕

老南宁地区的沙糕怎么这么多呀
再后来
又尝到了兴燕老弟的龙州沙糕
龙州沙糕号称香糯沙糕
真的是名不虚传
糕粉软软糯糯的,弹着牙
糕心绵绵细细的,粘着舌
吃上以后我就惦记着它了
惦记它了就有人惦记我了

已经过去十来年了
兴燕老弟总惦记着我的惦记
昨夜来电问我在不在南宁啊
今天中午便吃到了龙州沙糕
今早上刚出炉的沙糕还暖呢
凤翔路即便没太阳也暖着呢

总有人惦记着你的惦记
那是多么美好的一件事
一块软软糯糯香香甜甜的龙州沙糕
让我满口留香也满心念恩
我的惦记便像丽水一样清亮
兴燕老弟的惦记则如左江一样悠长

——2019 年 1 月 19 日纪事之二

这个大寒貌似春天

鹅城百色的马小妹同学正在熬粽粑
在二十摄氏度的温湿里感叹一声
这个大寒貌似春天

而另一个同学李艳
选择在今天开启自驾游
出行的方向好像是春天般的云南
一路向西貌似春游

凤翔路貌似鹅城
这个冷暖锋交汇的节点
室外温湿灰蒙一片
室内貌似物流中心的冷藏库

南风打着回南天的旗帜
貌似凯旋
而天气预报发表声明

今夜冷空气将挥刀而下
明天太阳公公将出门值班
洗衣节貌似来了

中国地大,南北表征不一
但也大不过二十四节气
这是最后一个节气了
待会儿我将去弄个白切鸡
打打牙祭
貌似过节

然后再备上一些
瓜子呀花生呀啤酒呀
等候一场貌似战争的足球赛
大寒里光着膀子狂喊
貌似在阿联酋艾因现场

——2019 年 1 月 20 日纪事

我就像那个提着三斤猪肉回家的侗家孩子

天气在预报之外
阳光在云层后面
早上的这个景况
我和凤翔路愁云满天

知道我难以返回
杨文荣同学还是发来了邀请
中午的时候
一头五百斤重的大猪
在羊角老苗寨闪亮登场
我在千里之外
看到了它的肥美,嗅到了它的浓香

热心的杨文荣同学
托李万民同学带给我妈几斤猪肉

就像四十多年前
他给我一瓶红红的苗寨辣椒粉
越过万水千山
我看见了苗寨下面龙英河的清亮

现在
我的心情好得异常
就像那个获得奖励的
提着三斤猪肉回家的
三江独峒镇知了小学的侗家孩子一样

——2019年1月23日纪事

一千里的回家路犹如一次点击那么长

回家的时间在网上预定
一颗心在一张车票上安放
一千里的回乡路
仿佛一个点击那么长

那么多年了
总是在临近年三十时
才懂得行囊的重量
一年之中最重要的行程
是三百六十五天的一个句号

它又是一个破折号
一年走到底
一年又开头
匆匆又忙忙

匆匆又忙忙

但今年的我平静而从容
女儿早已先行回去陪奶奶了
而我返乡的时间也已预定
一千里的回家路
便如一次点击那么长

——2019 年 2 月 1 日纪事

中午,初一的阳光照亮
每一张祈盼的脸

如我所愿啊　面对早晨一片灰蒙
我仰天祈求一缕阳光
时近中午天开雾散　天蓝得没有一丝云
初一的阳光照亮了每一张祈盼的脸

早晨的鹅城百色也是一样
丽娟同学在城东说这里下大雨呢
李艳同学在城中说这里只下小雨呢
玉群同学在城西说这里没有一滴雨呢
她们和我一样　也在祈盼一缕阳光
如人所愿啊
阳光在中午时洒满了她们行大运的路

初一的阳光照亮了每一张祈盼的脸
百色的同学像约好了一样　都朝半岛去了

从美国回来的青谊去半岛了
从南宁回来的何昆、澹露去半岛了
从北海回来的艳娇去半岛了
从西林回来的玉红去半岛了
在百色的霖珍、丽娟、海兰也去半岛了
阳光照亮的半岛一场巧遇无比惊艳
澹露同学说　缘分，割不断的情谊
害得个子不高的彩丽同学长叹一声
怎么都是高的呀美的呀碰上了呢

初一的阳光照亮了每张祈盼的脸
大学同学阿莉从英国回到南宁
漫步在阳光之下的那考河畔
她再也看不到昔日的荒凉
外甥女朱倩徜徉在邕江景观大道
阳光之下发出青春誓言
前路浩浩荡荡　万事尽可期待
阳光之下知名作家凡一平先生
带着他的母亲来到防城港
把上岭村的故事写进了蓝色的海洋
在广州制作音响器材的夏师弟
回到了他的出生地容县没吞屯
在鞭炮烟花的喧响过后
阳光之下他又探寻鸟叫虫鸣的原音
大学同学俞文和莉萍在富川龙湾村

又看见了阳光之下李花的艳白
三十年来仿佛如此　花开不败

而我在八达小镇的自家天台上看到
那些散落的油菜花在阳光之下
纤细的小手直直地伸向蔚蓝的天空
好像要抓一把阳光抹亮那张祈盼的脸

　　　　　——2019年2月5日纪事·大年初一